19살에 했던 말 91살에도 해줄게

"사랑해"

19살에 했던 말 91살에도 해줄게

"사랑해"

뱅크북

차례

좋아하면
내가 먼저 말 걸고
내가 먼저 웃어줍니다
하지만 사랑하면
그냥 바보처럼
아무것도 못합니다

 좋아하면

사는 게 힘드나요
도전하는 것이 두려운 가요
그래도 가치 있다고
생각하는 일 있으면
한번 걸어가 보세요

그냥 걷다보면 어느 순간
당신이 꿈꾸는 목적지에
와 있지 않을까요

 제안

처음부터 완벽하게
잘하려고 하지 마세요
성공은 당신의 그 약함이
시간 지나며
조금씩 견고해 지는 것이지
처음부터 정상에서
행복한 사람은 없으니까요

 처음부터

행복하기 위해
너무 애쓰지 마세요
행복이란 그저 일상의
한 부분에 지나지 않아요
습관적으로 마시던 커피가
맛있게 느껴지고
누군가의 한마디에
미소 지어지는 거
그게 바로 행복의 시작인걸요

꼭 성공하고
통장잔고가 늘어야
행복한 건 아니잖아요

 행복

넌 찡그리고 있어도
꽃보다 예뻐
그런데 웃기까지 하면
얼마나 더 예쁠까

그러니 이제 한번
웃어볼래

 그러니

그 사람이
날 사랑하게 만드는
약 좀 주세요

 소원약국

너는 그냥
같이 있어도 좋고
너는 그냥
손만 잡고 있어도 좋다

너는 그냥
바라만 보아도 좋고
너는 그냥
얘기만 해도 좋다

그러고 보니 나는
그냥 네가 다 좋다

 그냥

내 인생은 늘
실패의 연속이었죠
그래도 평생 당신
한 사람만 사랑한 것은
참 잘한 일이라 생각해요
비록 많이 아팠지만
그 순간은 행복했으니까요

그래서 고맙습니다, 그대

 그대

너무 행복하고 포근해서
꿈인줄 알았더니
네가 온거였구나

이유

우리는 늘 선택의
기로에 서 있죠
그때마다 새로운 미래에
대한 두려움으로
밤을 지새우며 고뇌를 하죠
하지만 너무 겁낼 필요 없어요
지나고 보면 그마저도 당신을
다음단계로 더 높이기 위한
하나님의 선물이니까요

 선물

내가 기도하면
당신이 날 좋아하게 될까요
하지만 열심히 하다보면
운명이 내 편 되어
당신과 나 사이에
우연을 핑계로
다리 하나 슬쩍
놓아주지 않을까요

 그럴까요

아무리 성능 좋으면 뭐해
네 생각은 지우려하면
더 또렷이 생각나는 걸

 소망지우개

19살에 했던 말 91살에도 해줄게
"사랑해"

이 길 끝까지 가면 널 다시 만날 수 있을까

 너에게 가는 길

지금 힘들다면 모든 걸
한 번 내려놓으세요
자신을 되돌아 볼 시간이
필요한 것이지요
그동안 잊고 지냈던 것들을
다시 생각해보세요.
그러면 당신은 생각했던 것보다
훨씬 더 괜찮은 사람이란 걸
깨닫게 될 것입니다

 지금

마음 아픈 사람은
곁에 있는 사람이
잠시만 물을 주지 않아도
금세 시드는 화초와 같아요

그가 말하지 않아도
먼저 다가가서
용기를 북돋아 주고
따뜻하게 안아 주세요

 그러니

살다가 일이 뜻대로 되지
않는다고 낙심하지 마
인생엔 반드시 고비가 있어
그걸 이겨내려고
자신을 힘들게 하지 마
그 고비 어느 순간
포기하지 않고 견디다 보면
그것이 기회로 바뀌고
널 힘들게 했던 사람들이
협력자가 되기도 할 거야

고비 하나 넘긴다고
멋진 인생 되는 것이 아니라
그 고비 넘다 보면
네 인생은 어느 순간
지금보다 조금 더 높은 곳에서
웃고 있을 거야

 인생은

지금 하는 일이 힘드세요
그럼 잠시 쉬세요
지금 겪고 있는 일이 고통스러우세요
그럼 잠시 도망가세요
지금 하는 일이 뜻대로 안되세요
그럼 성공을 잠시 뒤로 미루세요
대신, 포기는 하지 마세요

그건 정말 모든 기회를
다 접는 것이니까요

 포기

남들보다 조금 없으면 어때요
남들보다 조금 되는 일이
없으면 어때요.
남들보다 조금 불행하면 어때요

그래서 당신은 지금
다른 사람들보다 조금 더
힘을 내고 있잖아요

 그래서

그대가 날 미워하는
맘 빼주시고
그 자리에 평생
나만 좋아하는
맘 하나
대신 심어주세요

 소망치과

소원마트

최고의 품질!
저렴한 가격!

청　과 sale
야　채 sale
정　육 sale

내가 좋아하는 건 뭐든 파는데
정작 필요한 그대 마음은 왜 안파는 걸까

 소원마트

지금 벼랑 끝에 서 있다고
두려워하거나 겁내지 마세요
성공한 사람들이
꼭 한번 거쳐 가는 그곳에
당신도 서있는
특별한 기회가
찾아온 것이니까요

 특별한 기회

사람들의 관심을 받고 싶나요
사람들의 사랑을 받고 싶나요
사람들의 위로를 받고 싶나요

그럼 당신이 먼저 손 내밀고
따뜻하게 안아주세요
당신은 받는 것보다
나눠주는 것이
더 행복한 사람이잖아요

 당신은

매일 사랑한다
말 할 수는 없지만
매일 입술을
빌려줄 수는 있어

 입술

조금 비겁하면 어때요
꼭 필요할 때
한 번씩 용기내면 되지

조금 게으르면 어때요
남들보다 조금 늦게 가면 되지

기회 앞에서
조금 머뭇거리면 어때요
더 좋은 기회 올 때
다시 잡으면 되지

어차피 내가 욕심낸다고 해서
세상 모든 것을
다 가질 수는 없잖아요

 어차피

그 사람이 아프게 해도
그 사람이 힘들게 해도
그 사람이 모질게 해도
그 사람이 당신을 버려도
미워하지 마세요

지금 그 사람과는
인연이 아니어서
그런 것뿐이니까요

 지금

그 사람의 말 때문에
상처입지 마세요
그 사람 말투가
원래 싸가지잖아요

그 사람의 행동 때문에
당혹스러워 하지 마세요
그 사람 원래 개그맨이잖아요

그 사람의 성격 때문에
힘들어 마세요.
그 사람 원래
정신분열증 환자잖아요.

그 사람 지금 당신 힘들라고
그러는 게 아니라
당신 아니면 받아 줄 사람이
없기 때문에 그러는 거예요

 그 사람

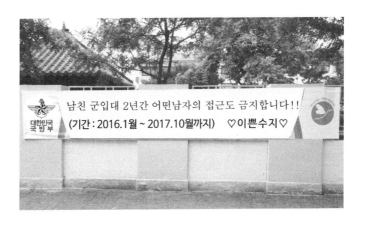

 이쁜수지

첫눈을 기다렸는데 그대가 왔네요
인연을 기다렸는데 그대가 왔네요
사랑을 기다렸더니 그대가 왔네요

그래서 그댄 내게 온 선물입니다

 선물

파스타 좋아하세요
여행 좋아하세요
커피 좋아하세요

그대가 좋으니
그대가 좋아하는 것은
뭐든지 다 궁금하네요

 그대

부담 없이 찾아와 편하게
커피 한잔 하는 사이보다
커피를 핑계로 서로를 찾는
그런 사이였으면

 이젠

어떤 사람들은 당신을 보며
안 좋은 이야기를 해요
마치 그것이
당신의 전부인 것처럼

하지만 난 당신의
좋은 점만 이야기 하죠
영화에서 주인공이 처음에
조금 못되게 나왔다고
끝까지 악당은 아니잖아요

 하지만

바다 한가운데 동전을 던져봐
그걸 찾을 때까지만 널 사랑할게

 소원바다

씨앗 뿌려 꽃이 피고
열매를 맺기까지는
견뎌내고 이겨내야 하는
시간이 필요한 거야
지금 너의 힘듦도
그 과정 안에 들어있다면
견뎌내야 하지 않을까

 힘듦

수많은 별들 중에서
하나의 별이 사라진다면
어떤 의미가 있을까

하지만 그게 만약 너라면
널 뺀 나머지 별들은
내겐 아무런 의미가 없다

 의미

인연이 왔을 때
너무 생각하면
자신이 없어져요

너무 걱정하면
판단이 흐려져요

너무 많이 망설이면
저 멀리로 달아나 버려요

인연은 그냥 왔을 때
무조건 확 움켜잡는
거랍니다

 인연은

하나님!
단 한번이라도 좋으니
그 사람과 뒤바뀌게 해주세요
그래야 그 사람도 내가
그 사람 얼마나 사랑하는지
조금은 알게 될 테니까요

 기도

힘들면 그냥 다 내려놓고
목 놓아 울어버려요
고통스러우면 그냥 참지 말고
악-하고 비명이라도 질러 봐요

내 앞에서만은 참지 말고
그냥 그대 하고 싶은 대로
뭐든지 다 해봐요

 내 앞에서만은

모두가 등을 돌려도
슬퍼하지 마세요
모두가 아니라고
해도 좌절하지 마세요
끝없이 낙심하고
절망해도 울지 마세요

그래도 끝까지
믿어주는 단 한사람
여기 있잖아요

 그래도

고기를 굽는건지
추억을 굽는건지
그냥 눈물이 난다

 눈물

맘에 드는 사람 나타나면
먼저 손을 내미세요
좋아한다 말해 보세요
그렇게 표현할 수 있는
용기 있다면
인연은 이미 내 편이 되어
미소 짓고 있지 않을까요

 인연

힘들 때
어깨 내어줄 사람 있다면
힘들 때
내 고민 들어줄 사람 있다면
힘들 때
내 아픔 보듬어줄 사람 있다면

그 사람도 당신 보며
늘 그런 기대하고 있지 않을까요

기대

힘내라고 하지 마
어느 땐 그 말이 더 힘들어
최선을 다하라고 하지 마
지금도 최선을 다하고 있잖아
넘어지면 일으켜 세우려 하지 마
지금 잠시 쉬고 있는 거니까
믿는다고 하지 마
그 말 때문에 멈추지도 못하잖아

그냥 지금 이대로의 나를
사랑해주면 안 되겠니?

 안되겠니

조금 손해 볼지라도
거짓을 말하진 않잖아
완벽하지는 않지만
주어진 일엔 최선을 다하잖아
가끔 흔들리기는 하지만
포기하지는 않잖아
자신에겐 엄격해도
남의 허물은 잘 감싸주잖아

누가 뭐래도
넌 참 괜찮은 사람이라니까

 너

오늘이 마지막인 것처럼 힘드나요
내일은 희망이 찾아올 차례인걸요

오늘 주머니가 텅 비어서 슬픈가요
내일은 로또 1등 주인공이 당신인걸요

누군가 당신을 힘들게 하나요
그 사람 누구한테나 다 그러는 걸요

사랑하는 사람이 등을 돌렸나요
그 사람 원래 그대 인연 아닌걸요

 정말요

춥다고 하면 커피 한 잔 사줄래요
배고프다 하면 밥 한 번 사줄래요
영화보자 하면 시간 한번 내줄래요

근데 왜 자꾸 내 앞에 서성거려요

 근데

이별하던 날

눈물을 훔쳤다
웃으며 나왔다

 이별하던 날

"사실은 나 좋아하는 사람 있어."
"어, 그래."
"그 사람 없인 단 하루도 못 살거 같아."
"그래. 그럼 그 사람 곁으로 가."
"그래서 지금 네 앞에 있잖아."

 그 사람

꽃이 조금 시들었다고
끝이라고 말하는 사람 없어

네가 잠시 웅크려 있다 해서
네 인생 끝났다고
생각하는 사람 아무도 없어

 아무도

열 번 찍어 안 넘어지는
나무는 있어도
열 번 찍혀 안 아픈
나무 없습니다

 나무

병들었다고
버려졌어요

못생겼다고
버려졌어요

그래도 함께한
시간 행복했어요

주인님 위해
기도할게요

다음 생애엔
저랑 바꿔서
태어나요

 유기견

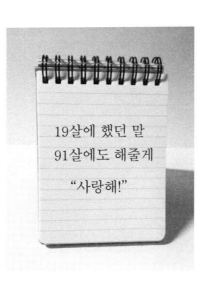

19살에 했던 말
91살에도 해줄게

"사랑해!"

 사랑해

사랑에 국경이
없으면 뭐해
너희 집 담도
못 넘고 있는 걸

 현실

그대여,
날 버리고 갈 땐

그대여

내 인생에
역경 주셔 감사합니다
시련 주셔 감사합니다
더 단단해지기 위해
꼭 필요한 시간들이라면,

정중히 사양하겠습니다

 사양

라면 먹을 때
스프 대신
니 생각 넣었더니
라면 먹을 때 마다
니 생각 나

 라면

인연인줄 알았더니
그리움의 시작이네요

 착각

애써 웃으려 하지 마세요
애써 빛나려 하지 마세요
그댄 그 자체만으로
이미 눈부신 존재니까요

 그댄

너에게 만은
성공한 사람보다
아주 가끔이나마
그리운 이름이고 싶다

 너에게만은

세상에 견딜 수 없는 아픔은 없습니다
자세히 보면 어둠 뒤에서
날 위해 기도하는 누군가 있습니다

 세상에

꾸미지 않아도 돼
억지로 웃지 않아도 돼
꽃인 너는
그냥 다 예쁘니까

 너는

네가 가끔
무심코 내민 손이
어느 땐
그 어떤 말보다
힘이 돼

 네가 가끔

곱게 물든 단풍만
예쁘다 하지 말고
그대 맘에 물든
내 그리움도 한번
봐줄래요

 내 그리움

세상에 운명적인
만남은 없습니다
두 사람의 간절함에
운명이 마지못해
불려 나온 것이지요

 만남

우산 씌워준다고 인연되고
우산없이 걷는다해서
인연되는거 아닙니다

그냥 비오는 어느날
내 의지와 상관없이
누군가 내 우산속으로
불쑥 뛰어 들어오는 것,
인연의 시작입니다

 인연의 시작

인연의 비는
피할 수가 없네요
흠뻑 젖은 후에야
비가 왔다는 사실을
알게 되니까요

 인연의 비

넌 참 서툴러
잘 넘어지고
잘 상처입고
잘 아파하고

그래도 넌 참
사랑스러워

 그래도 넌

오늘 너의 힘듦이
나의 간절한 기도로 인해
조금은 무뎌졌으면

 오늘

그 사람이
내 인연 같아서
쫓아간 것이 아니라
그 사람 아니면
안 될 거 같아서
쫓아간 것입니다

 그 사람이

내가 널 안고 싶듯
너도 그 사람에게
안기고 싶은건 아닌지

 내가 널

오늘은 내게 선물같은 하루입니다
그대 웃는 모습 보고싶다 했더니
첫눈이 왔습니다

 첫눈

그래, 너 지금 실패했어
그래도 내 생각은
달라지지 않아
넌 곧 일어 설 테니까
좋게

 그래

모두가 외면하고
비웃으면 어때
네가 내 편인데

 내편

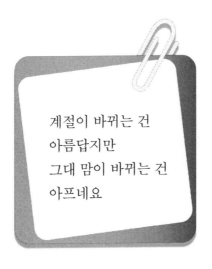

계절이 바뀌는 건
아름답지만
그대 맘이 바뀌는 건
아프네요

 그대 맘

기억을
잊은 걸까
놓은 걸까

 기억을

오늘 많이 힘들었는데
웃음이 나왔어
니 생각 했더니

 니 생각

나쁜인연은 지금만 좋은것이고
좋은인연은 지금보다
시간이 흐를수록 더 좋아지는 것입니다

 좋은인연

생얼로 나왔는데도
이렇게 예쁜데
화장까지 하고 나오면,

"누구세요?"

 누구세요

이별은

머물면 아픔
흘러가면 추억

 이별은

이혼은

실패가 아니라
그저 실수일 뿐

 이혼은

인연은 가끔
건널 수 없는 곳에
다리를 놓는다

 인연은2

네 이름 적으니
내 불완전한 내 미래가
조금은 밝은 쪽으로
옮겨지는 듯한 느낌이야

 네 이름

마지막 기회입니다
나를 붙잡으세요
그대에게 난 좋은 행운이니까요

 행운

모두가 춥다고 하는데
나만 따뜻하네요
잡고 있는 그대 손이
난로라서

 그대 손

너무 향기롭고 따스해서
첫눈인줄 알았더니
네 입술이 닿은거구나

 입맞춤

내 마음은 불났는데
그댄 강 건너
불구경 하 듯
한 송이 꽃처럼
웃고만 있네요

 내 마음은

우연을 가장해서라도
억지를 부려서라도
꼭 내 것으로
만들고 싶은
단 하나의 인연,

그대입니다

 그대입니다

사랑은 도망가지 않아
비겁하게 도망가는 것은
언제나 우리들 자신이지

 사랑은

내 머리가 참 나빠서
다행이야
너와의 추억을 묻으러 갔다가
또다시 깜박하고 그냥 왔잖아

내 머리가 참 나빠서

이제부터
내 이름은 행복이야
그래야 행복 하고 싶어
너도 날 사랑하지

 이제부터

그 사람이 당신을
선택하지 않은 것은
당신이 못나서가 아니라
보는 눈이
후지기 때문입니다

 알겠니

매일 커피를 마시는 것은
커피를 좋아해서가 아니라
그대와 함께 커피 마시던
그 시절이 그립기 때문입니다

 추억

그대는 행복입니다.
잠들기 전 그대 이름
나직이 불러보면
꿈길이 온통 행복입니다

 그대는

내가 호흡 곤란으로
쓰러지면
병원대신 그녀 곁으로
데려가 주세요

나의 산소통은
그녀니까요

 당부

음식이 맛나서 행복한 것이 아니라
그대와 함께라서 행복한 것입니다

 이유2

혹시
굳게 닫힌 그대 맘
열 수 있는
열쇠 있나요

 혹시2

사랑을 꿈꾸지 말고
사랑 받을 수 있는
사람이 되세요
그러면 꿈은
이루어집니다

 꿈

당신이 오늘
온종일 기다리던
선물이 바로 나였으면

 바램

감사하면 행복해 진대요
그래서 당신 행복해지라고
계속 감사했더니
내가 더 행복해지네요

 행복

널 위해서라면

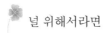 널 위해서라면

고개 들어
인연을 찾아보세요
전 우주의 힘이
당신 편 되어
도와줄 것입니다

 어느 대통령

괜찮아
하는 일마다
다 꼬이고
실패했지만
널 만났으니까

 괜찮아

하루에 백번씩
널 미워하면 뭐해

천 번은
더 그리워하는 걸

 하루에 백번씩

그 짧은 시간동안에도
너에 대한 그리움이
한 잔의 커피 잔 속에
몽실몽실 피어나

 네가 화장실에 갔을 때

지금은 그대잊기 중이오니
상처가 다 아물때까지
관계자(그대)외 출입을 금합니다!

 관계자외 출입금지

말을 많이 하게 되면
실수를 하게 됩니다.
그래서 지금부터
꼭 필요한 말만 할게요

백만 번도 더
그대가 좋습니다

 말

지킬 수 없는
약속이 될지도 몰라
먼 미래의 일이니까
하지만 노력은 할 거야
널 지켜주는 사람이
되기 위해

 약속

속상하고 힘들 때
좋은 생각하면
좋은 일이 찾아온대요

네가 찾던
그 좋은 생각이
나였으면

 나였으면

내게 소중한 것들을
모두 잃는다 해도
너와의 인연만은
절대 놓지 않을 거야

그건 정말로
내 모든 것을
다 잃는 것이니까

 그건

잣 향 나는 그녀와 헤어지던 날
내 눈물은 잣이 되었다

잣향나는 그녀와

난 참 단순해
네가 웃으면 행복하고
네가 속상해하면
가슴이 아파

그걸 알면서
계속 속상해하면
넌 정말 나쁜 사람이야

 알아2

당신이 지금 하는 일마다
실패하는 것은
실력이 없어서가 아니라
그냥 지금은 아직
때가 아니기 때문입니다

 알아요

조급해 하지 마세요
세상은 당신이 생각하는 것보다
더 빨리 흘러가지만
그렇다고 당신만 혼자 두고
가지는 않으니까요

 그러니

"사랑해"

보고 싶은 거 참으면
병이 되고
보고 싶은데 보지 못하면
죽을 것만 같아

죽지 않으려고
그댈 사랑합니다

 죽지 않으려고

🍀 아기새

온 몸이 황금 깃털인 새 한 마리 있었습니다.

그에겐 사랑하는 새가 있었습니다.

둘은 축복 속에 결혼했습니다. 얼마 후 아주 예쁜 아기새가 태어났습니다. 그들은 한동안 세상을 다 얻은 듯 행복했습니다.

하지만 그 행복은 그리 오래가지 않았습니다. 시름시름 앓던 엄마새가 하늘나라로 날아가 버린 것입니다.

아빠새는 밤낮없이 슬피 울었습니다. 그러나 곧 아기새를 위해 다시 힘을 냈습니다.

바람 불면 바람막이가 되어주고 비가 오면 우산이 되어주었습니다.

자신은 굶어도 아기새에게는 몸에 좋은 벌레만을 잡아다 먹여주었습니다. 그리고 아기새가 곁에 있을 때마다 늘 이렇게 속삭여 주었습니다.

"아가야, 아가야
언제까지나 널 사랑해
이 세상 끝날 때까지
널 지켜줄게

넌 나의 노래
넌 나의 천사"

아기새는 자라면서 엄마새를 찾기 시작했습니다.

어느 때는 온종일 아무 것도 먹지 않고 엄마 새만 찾았습니다. 아빠새는 그 때마다 속상해서 몰래 숨어 울어야했습니다.

아기새는 늘 둥지 안을 엉망으로 어지럽혀 놓았습니다. 목마 태워달라고 시도 때도 없이 귀찮게 굴었습니다. 그래도 아빠새는 늘 인자한 미소로 아기새가 원하는 건 뭐든지 다 들어 주었습니다.

아빠새는 남들이 안하는 고되고 힘겨운 일들을 했습니다. 하지만 열심히 일해도 늘 가난했습니다. 몸에선 고약한 냄새가 떠날 날이 없었습니다.

아기새는 언제부터인가 그런 아빠새를 조금씩 멀리했습니다.
부끄럽게 생각하기 시작했습니다. 친구새들과 함께 지나다가 아빠새를 만나도 모르는 척 외면했습니다.

그러는 사이 아기새는 자라고 또 자랐습니다.

소녀가 되면서 혼자만의 비밀도 많이 생겼고 성격도 더 까칠해졌습니다.

가끔은 멋 부린다며 머리깃털을 노랑, 빨강색으로 요란하게 물들였습니다. 정신 사납고 시끄런 음악 듣는 것을 좋아했습니다.

그래도 아빠새는 그런 아기새를 혼내거나 꾸짖지 않았습니다.

그저 잠자리에 들면 살며시 옆으로 다가가 나직이 이렇게 속삭여줄 뿐이었습니다.

"아가야, 아가야
언제까지나 널 사랑해
이 세상 끝날 때까지
널 지켜줄게

넌 나의 노래
넌 나의 천사"

시간은 점점 더 빨리 흘러갔습니다.

아기새는 이제 제법 어엿한 숙녀가 되었습니다. 하지만 얼굴 한번 마주하기가 쉽지 않았습니다.

집에 안 들어오는 날도 많아졌고 오랜 시간 여행을 떠나기도 했습니다. 아빠새는 혼자 있을 때가 점점 많아졌습니다. 그래서 더 외로웠습니다.
그러던 어느 날이었습니다.

아빠새가 크게 다치는 사고가 일어났습니다. 아빠새는 한동안 아무 일도 하지 못했습니다. 하지만 숙녀가 된 아기새는 아빠새가 얼마나 다쳤는지, 어디가 얼마나 아픈지 관심조차 없었습니다.
남자 친구새와 단 둘이 여행 떠날 생각으로만 가득 차 있었습니다.

"저… 아빠… 여행 다녀오게 돈 좀… "
그날 밤이었습니다.

아빠새는 아픈 몸을 이끌고 숲속 끝자락에
있는 키다리나무 아래로 갔습니다. 그리고는
자신의 앞가슴에 난 황금 깃털을 한 가닥씩 뽑
기 시작했습니다.

다음날 아침이었습니다.
아빠새는 한 움큼의 황금 깃털을 숙녀가 된
아기새의 손에 꼭 쥐어주며 말했습니다.

"이걸 팔아서 여행경비로 쓰려무나."

그 후에도 숙녀가 된 아기새는 계속해서 아
빠새를 찾았습니다. 횟수도 잦아지고 금액도
점차 커져만 갔습니다.
아빠새는 그때마다 말없이 자신의 황금 깃
털을 뽑아 그녀의 손에 쥐어주었습니다.

그리고는… 행복했습니다.
"아가야, 아가야
언제까지나 널 사랑해
이 세상 끝날 때까지
널 지켜줄게

넌 나의 노래
넌 나의 천사"

그로부터 몇 해가 지난 어느 추운 겨울날이었습니다.
성숙한 아가씨로 변한 아기새가 결혼할 남자새를 집으로 데려왔습니다.

"아빠, 우리 결혼하려구요. 근데… "

아빠새는 그녀가 무슨 말을 하려는지 잘 알고 있었습니다. 하지만 병들고 지친 아빠새에겐 더 이상 내어줄 황금 깃털이 없었습니다.
이제 그나마 값나가는 것은 황금으로 된 낡

은 발톱뿐이었습니다.

그날 밤이었습니다.

아빠새는 조용히 키다리나무 아래로 갔습니다. 돌 하나를 집어 자신의 황금발톱을 있는 힘껏 내려치기 시작했습니다.

그렇게 얼마의 시간이 지났을까.

아빠새는 비틀거리며 둥지로 되돌아왔습니다. 잠든 아기새의 머리맡에 황금발톱을 가만히 놓아주었습니다.

그리고는 깊이 잠든 그녀의 얼굴을 자신의 거친 손 등으로 조심스럽게 어루만지며 속삭였습니다.

"아가야, 아가야

언제까지나 널 사랑해

이 세상 끝날 때까지

널 지켜줄게

넌 나의 노래
넌 나의 천사"

아기새는 얼마 후, 결혼식을 올렸습니다.
아빠새에겐 아무런 연락도 없이…

그리고 아주 오랜 세월이 지나도록 아빠새
를 찾지 않았습니다.

한해가 가고 또다시 몇 해가 강물처럼 흘러
가던 어느 날이었습니다.

엄마가 된 아기새가 자신의 어린새끼를 데
리고 아빠새를 찾아왔습니다. 아빠새는 그 사
이 더 늙고 병들어 볼품없이 야위어 있었습니
다.

"저… 그 사람과 헤어졌어요."

아빠새는 어린새끼를 안고 돌아온 아기새를

가만히 안아주었습니다.

이 세상 그 누구보다 행복하길 바랐는데 그러지 못해 많이 가슴 아프고 속상했지만, 소식 없던 아기새가 다시 찾아 왔다는 사실만으로 아빠새는 그저 감사하고 행복했습니다.

"괜찮아, 괜찮아 … "

아빠새는 그날 밤 자신의 둥지를 아기새 모자에게 내어주었습니다. 자신은 이슬비 내리는 나무 아래로 내려갔습니다.

하얀 새벽이 거의 되었을 무렵이었습니다. 가늘게 내리던 빗줄기가 갑자기 굵어지기 시작했습니다.

그때였습니다.
둥지 아래 있던 검은 그림자 하나가 힘겹게 나무에 오르기 시작했습니다. 하지만 검은 그림자는 얼마 못 오르고 그대로 나무 아래로 굴

러 떨어졌습니다.

그렇게 계속 실패하다가 겨우 나무에 오른 검은 그림자는 날개를 활짝 펴서 둥지 위를 살포시 감싸 안았습니다. 그렇게 비가 그칠 때까지 죽은 듯 가만히 있었습니다.

"아가야, 아가야
언제까지나 널 사랑해
이 세상 끝날 때까지
널 지켜줄게

넌 나의 노래
넌 나의 천사"

그로부터 얼마 후였습니다.

엄마가 된 아기새는 자신의 새끼를 아빠새에게 맡기고 또다시 어디론가 떠났습니다.

늘 미소만 지어주던 아빠새는 아기새가 떠난 쪽빛하늘을 한동안 멍하니 바라만 보았습니다.

길게 눈물을 흘렸습니다.

마치 이제 다시는 보지 못할 거 같다는 표정으로…

그로부터 아주 많은 시간이 다시 흘렀을 때였습니다.

아빠새가 사는 숲속에 중년의 여자새 한마리가 찾아왔습니다.

그녀는 오랜 여행을 끝내고 돌아온 나그네처럼 몹시 지쳐 있었습니다.

얼굴엔 잔주름이 거미줄처럼 퍼져 있었습니다.

중년의 여자새가 숲속 끝자락에 있는 키다리나무 곁으로 다가갔을 때였습니다. 그 나무 아래에 등을 기대고 앉아 있는 노인새의 모습이 보였습니다.

그는 주름이 얼마나 깊고 굵게 파여 있던지 두 눈을 제대로 뜨지 못하고 있었습니다. 그런

데도 신기하게 입가에 엷은 미소를 머금고 있었습니다.

"아, 아빠!"

중년이 되어 돌아온 아기새는 아빠새를 조심스럽게 불렀습니다. 하지만 백발의 노인이 된 아빠새는 아무런 반응을 보이지 않았습니다.

그 앞으로 다가가 가만히 얼굴을 만져줬습니다. 하지만 무표정한 표정으로 중년이 된 아기새를 외면했습니다.

그의 시선은 오직 아득히 먼 저 하늘만을 계속해서 응시하고 있을 뿐이었습니다.

예전에 그에게 전부였던 한 마리 새를 마지막으로 떠나보냈던 그 쪽빛하늘가를…

"아!"

아빠새는 이제 자신이 누군지 딸이 누군지 조차 기억하지 못하고 있었습니다.

그저 습관처럼 키다리나무 아래에 앉아 매일같이 기억속의 누군가를 기다리고 있을 뿐이었습니다.

"아빠, 미안해요… 정말 미안해요…"

아빠새가 앉아있던 키다리나무 아래엔 풀한포기가 없었습니다.
1년 365일을 매일 같이 그 자리에 앉아 누군가를 기다리다보니 닳고 닳아 아무것도 자라나지 못한 것입니다.

중년이 된 아기새는 태어나서 처음으로 아빠새에게 미안하다고 했습니다. 고맙다고 했습니다.

자신 같이 못된 자식 포기하지 않고 한결 같

은 맘으로 기다려주고 사랑해줘서 정말 감사
하다고 했습니다.

그때였습니다.

노인이 된 아빠새가 눈물 그렁이며 혼자말
처럼 계속 중얼거리는 소리가 들리기 시작했
습니다.

"아가야, 아가야
언제까지나 널 사랑해
이 세상 끝날 때까지
널 지켜줄게

넌 나의 노래
넌 나의 천사"

그로부터 며칠 후였습니다.

아빠새는 언덕 위에 있는 키다리나무 아래

에 등을 기댄 채 그대로 깊은 잠에 빠져버렸습니다.

자신에게 있어 세상의 전부였던 마음속의 누군가를 그토록 간절하게 기다리며 그렇게…

세월은 또다시 빠르게 흘렀습니다.

그러는 사이 아들새는 어느새 건장한 청년새로 성장했습니다. 그리고 그에게도 언제부터인가 사랑하는 여자새가 생겼습니다.

그는 엄마새로부터 독립하여 그녀와 단 둘이 살길 원했습니다.

"엄마, 우리 결혼하려고요. 그래서 하는 말인데… "

청년새가 새로운 보금자리를 찾아 떠나기 전날 밤이었습니다. 엄마새는 달빛이 은은하게 쏟아지는 키다리나무 아래로 갔습니다.

그녀는 그곳에서 자신의 가슴에 붙어있는 황금 깃털을 조심스럽게 뽑기 시작했습니다.

예전에 아빠새가 자신을 위해 그랬듯이…

살점이 떨어져 나가는 통증이 느껴졌습니다. 깃털이 뽑혀져 나간 가슴에선 붉은 피가 계속해서 흘러나왔습니다.
하지만 엄마새는 조금도 아프지 않았습니다. 거짓말처럼 행복하기만 했습니다.

그날, 아주 깊은 밤이었습니다.

엄마새는 다음날이면 떠날 아들새 곁으로 다가갔습니다. 잠들어있는 아들새의 붉은 벼슬을 가만히 어루만져 주었습니다.
그제야 비로소 예전에 자신을 떠나보냈던 아빠새의 마음을 조금은 알 수 있을 것만 같았습니다.

엄마새는 긴 강물을 되어 흘러내리는 자신의 눈물을 훔치며 사랑하는 아들새에게 나직이 속삭여 주었습니다.

아빠새가 살아 생전에 자신에게 늘 들려주었던 그 따스하고 포근했던 사랑노래를…

"아가야, 아가야
언제까지나 널 사랑해
이 세상 끝날 때까지
널 지켜줄게

넌 나의 노래
넌 나의 천사"

<아기새 후기>

　이 세상을 살다보면 기쁜 일, 슬픈 일, 괴로운 일들이 참으로 많습니다. 그러나 이런 많은 일들을 겪을 때마다 우리에게 기쁨을 주고 힘이 되어주며 희망을 주는 것은 역시 사랑입니다.

　여기 한 마리의 새가 있습니다. 그리고 그가 사랑하는 귀여운 아기새가 있습니다. 아빠새는 너무나 아기새를 사랑했고, 그래서 마냥 행복했습니다.

　어느덧 시간이 흘러 숙녀가 되었을 때 아빠새는 때때로 외로웠고, 어른이 되어 몸뚱어리만 남겨놓고 자신의 황금 깃털을 다 뽑아주었을 때에도 아빠새는 행복하였습니다.

혼자된 아기새가 어린 자신의 새끼를 데리고 아빠새를 찾아왔을 때에도, 그 새끼를 남겨두고 다시 떠났을 때도, 아빠새는 무엇인가를 더는 주지 못해 늘 아쉬워했습니다. 몸이 너덜너덜해질 때까지 자신을 희생해서라도 그들에게 도움이 되고 싶어 했습니다.

자식들에게 아무 조건 없이 늘 아낌없이 주는 부모님들은 바보가 아니랍니다. 단지 자식들을 너무 사랑하고, 그 사랑이 더없이 위대할 뿐이지요.

<아낌없이 주는 나무>에 나오는 내용처럼 심심할 땐 놀이터가 되어주고, 힘들 땐 편안한 쉼터가 되어주고, 가진 걸 모두 주면서도 더 주지 못해 안타까워하시는 우리들의 부모님!

우리에겐 그런 나무 같은 부모님들이 계십니다. 그래서 행복한지도 모릅니다. 부디 이 글을 통해 여러분들도 주어도 아깝지 않고 힘

들어도 참을 줄 아는 그런 아름답고 헌신적인
부모님의 사랑과 아픔을 경험하는 계기가 되
었으면 합니다.

그리고…

지금 부모님이 곁에 계시다면, 손 꼬옥 잡고
"사랑합니다!"라고
말해 보시기 바랍니다.

지금 당장요.
내일은 늦더라구요.

그게…

<당신을 작가로 모십니다>

　어느 날 문득 자신의 삶을 되돌아보았을 때 아무런 흔적조차 남아있지 않다고 생각해 보세요. 그렇게 의미 없이 살다가 어느 날 홀연히 퇴색된 낙엽처럼 이 세상을 떠난다고 생각해 보세요. 그 얼마나 아쉽고 허탈하겠습니까?

　인연을 소중히 여기는 저희 출판사에서는 아직 빛을 보지 못한 뜨거운 가슴을 가진 전국 아마추어 작가들의 진솔하고 참신한 글을 기다리고 있습니다.

　누구나 한번쯤 간직했음직한 사랑의 추억과 감동의 사연(시, 소설, 에세이, 편지, 자서전)들을 적은 글이 있으면 망설이지 말고 지금 저희 출판사로 원고를 보내주세요. 그 순간 여러분들은 독자가 아니라 인정받는 작가의 길로 한 발 내딛게 될 것입니다.

　보내실 곳: bsbj3030@hanmail.net
　소리통: 010-8997-8057

19살에 했던 말 91살에도 해줄게
"사랑해"

초판 1쇄 발행일 / 2019년 10월 25일
지은이 / 최정재
펴낸곳 / 뱅크북
출판등록 / 제2017-000055호

주소 / 서울시 금천구 가산동 시흥대로 123 다길
전화 / 02-866-9410
팩스 / 02-855-9411
전자우편 / san2315@naver.com
ISBN / 979-11-90046-04-6(03810)